Joueuse soumise

Collection de domination érotique

Erika Sanders

ERIKA SANDERS

Joueuse soumise

Erika Sanders
Série
Collection de domination érotique

Synopsis

Linda est en soirée entre filles.

Mais l'un après l'autre, ses amis annulent leur présence jusqu'à ce qu'elle se rende compte qu'elle va passer la nuit seule.

Il décide de jouer un peu aux machines du casino pour voir s'il prend au moins de l'argent lors de cette mauvaise nuit.

Elle reçoit un prix et quand elle va l'échanger contre de l'argent, elle rencontre un homme séduisant qui s'approche d'elle ...

Joueuse soumise est un roman à fort contenu érotique BDSM et, à son tour, un nouveau roman appartenant à la collection Erotic Domination, une série de romans à forte teneur en BDSM romantique et érotique.

Remarque sur l'auteure:

Erika Sanders est une écrivaine internationale bien connue qui signe ses écrits les plus érotiques, loin de sa prose habituelle, avec son nom de jeune fille.

Indice

JOUEUSE SOUMISE
ERIKA SANDERS

PREMIÈRE PARTIE

CHAPITRE 1

"C'est bon Gloria. Je comprends."

Linda s'arrêta à l'entrée du casino et regarda toutes les lumières clignotantes.

Elle était censée passer une soirée entre filles avec ses trois meilleurs amis.

Avant de partir, Julia avait appelé pour lui dire que sa fille était grippée et qu'elle ne voulait pas quitter la maison seule avec son mari.

Linda pensait que son mari ne voulait pas s'occuper de leur petite fille, mais qu'il n'allait pas s'impliquer dans le mariage tordu de sa meilleure amie.

Angie avait appelé en se rendant au casino.

Elle marmonnait une excuse pour ne pas pouvoir y aller, mais de ses gémissements, Linda savait qu'elle était de nouveau, à nouveau, avec son petit ami qui était retourné en ville.

Puis il pensa qu'il passerait une soirée amusante avec Gloria, mais il l'avait également annulée.

Il n'avait même pas entendu son excuse.

Elle avait encore de l'argent dans son portefeuille et elle a décidé qu'elle allait essayer de s'amuser seule ce soir.

Il s'approcha d'une machine à sous vide et en inséra un vingt.

Sans réfléchir, il a commencé à appuyer sur les boutons et lorsque la machine s'est mise à émettre un bip, il s'est rendu compte qu'il avait gagné une grosse somme d'argent.

Ce n'était pas le jackpot, mais une fois le tapotement terminé, il s'est rendu compte qu'il avait plus de mille crédits.

Linda a fait le calcul rapide dans sa tête et s'est rendu compte que c'était plus de deux cent cinquante dollars.

Il appuya sur le bouton de crédit et le reçu cracha.

Linda souriait largement.

Il n'avait jamais rien gagné au casino et le voilà avec ce qu'il considérait comme une grosse somme d'argent.

Il regarda autour de lui et essaya de trouver le caissier.

Il était à l'autre bout du casino et quand il y est arrivé, ses pieds lui faisaient mal.

Elle avait acheté ces jolis talons hauts pour la sortie d'aujourd'hui, mais maintenant ils lui faisaient mal aux orteils.

Il fit la queue et attendit son tour avec le caissier.

"Vous êtes peut-être dans la mauvaise rangée." Linda sursauta lorsqu'elle sentit un souffle chaud sur son oreille.

Elle se retourna et se retrouva face à face avec un homme plus grand qu'elle et vêtu d'un costume d'affaires.

"Pardon?" Linda avait adoré la sensation de son souffle sur son cou et s'était rendu compte qu'elle n'avait même pas remarqué l'effet que cela avait sur elle.

Elle était également confuse quant à ce qu'il entendait par la mauvaise rangée.

"Vous êtes dans la ligne Golden Privilege. Je vois que vous avez gagné deux cent cinquante dollars sur une machine à sous. Cette ligne est pour les joueurs à haut risque."

Le visage de Linda est devenu rouge.

Il ne pouvait même pas se tenir dans la bonne rangée.

Sa lèvre tremblait et le plaisir qu'elle avait eu de gagner la machine à sous se dissipa lentement.

"Désolé."

Linda se tourna pour quitter la file.

Elle devenait nerveuse.

"Non. Attends. Je ne voulais pas te déranger. Ecoute, on ira ensemble. Je sais que Rachel, qui travaille de l'argent ce soir, ne m'en voudra pas."

Linda a juste regardé le grand inconnu la guider vers le stand approprié.

Il sourit et s'arrêta près de Linda.

Elle a donné le billet à la femme et ils lui ont donné l'argent en billets de cinquante et cent dollars.

Il se détourna du comptoir et regarda avec étonnement l'homme lui remettre une liasse de billets, et en retour, elle lui donna une petite quantité de jetons.

Linda en savait assez sur les casinos pour savoir que chacun de ces jetons valait une grosse somme d'argent, bien plus qu'elle ne pouvait l'imaginer.

"Alors tu vas juste économiser de l'argent et partir?"

Linda cligna des yeux.

Elle ne réalisa pas qu'il la regardait jusqu'à ce qu'il la taquine.

"Oh désolé. Je n'ai pas l'habitude de voir autant d'argent. J'étais censé passer la nuit avec des amis, mais ils ont tous annulé."

«Je m'appelle Peter Wilson. Je me dirige vers la table de blackjack. Tu peux me rejoindre si tu veux. Je suis seul ce soir et j'aimerais avoir une belle blonde à côté de moi pour avoir de la chance.

Linda rougit.

Elle ne s'est jamais considérée comme belle.

Le mot «beau» lui a donné beaucoup plus de confiance.

Elle y réfléchit un instant et pensa qu'il n'y avait aucun mal à l'accompagner.

Elle était célibataire.

Elle avait gagné deux cent cinquante dollars, qui devaient servir à payer le loyer.

"C'est bien." Linda leva la tête et sourit à Peter.

«Je suis content. Allons-y.

CHAPITRE 2

Peter a conduit Linda à travers le casino jusqu'à l'une des zones à l'arrière.

Il y avait beaucoup de tables de jeu et il avait les yeux rivés sur une en particulier.

"Tu veux jouer?"

"Euh, bien sûr. Mais n'ai-je pas besoin de ces jetons?"

Peter rit.

Elle était si douce et mignonne et il pensait qu'il ne se rendrait probablement même pas compte à quel point elle était sexy.

"Vous pouvez en utiliser un peu."

"OK merci"

Ils sont venus à table et se sont assis.

Sa jambe effleura la sienne et elle ne la repoussa pas.

Il lui tendit quelques jetons et elle eut le souffle coupé lorsqu'elle vit que chacun valait mille dollars.

Elle a remis la puce au croupier et il a fait le changement approprié.

La première main était difficile car il ne savait pas les mots corrects à dire, il savait juste que ses cartes devaient totaliser 21 et rien de plus.

Elle a perdu la première main, tout comme Peter.

"Je suis vraiment désolé Peter."

"Shhhh" Peter posa sa main sur la sienne. "Tout simplement profiter."

Linda hocha la tête et les trois prochaines mains, elle gagna et il perdit.

Quelques personnes de plus se sont jointes à la table et lorsqu'un serveur a demandé une commande de boisson, elle a commandé un Coca-Cola Light.

Il sentit son téléphone portable sonner et lorsqu'il alla le chercher, il réalisa qu'il était là depuis plus de trois heures.

Elle a vu que Gloria appelait et a décidé de ne pas répondre.

"Tout est bien?"

Peter a vu que Linda était un peu bouleversée et n'a même pas remarqué que son visage avait été choqué quand elle a vu l'identification de l'appelant.

"Ouais, bien. Je ne savais pas qu'il était si tard."

"Nous jouerons une main de plus."

Peter a parlé au croupier et après avoir tous deux perdu la dernière main, ils ont quitté la table.

Peter prit négligemment sa main dans la sienne.

Normalement, il était beaucoup plus agressif que ça, mais quelque chose lui disait qu'être plus assertif lui ferait peur.

Peter la guida vers la caisse et sourit à Rachel alors qu'elle transférait les jetons dans la caisse.

Les yeux de Linda s'écarquillèrent alors que Rachel comptait plus de dix mille dollars.

Il plia les billets et les plaça soigneusement dans son portefeuille.

Peter sourit mais ne dit rien.

Ils allèrent à l'entrée principale et se tinrent dans le grand atrium.

Le casino était relié à un hôtel et il y avait une passerelle en verre reliant les deux.

Les hivers dans la ville étaient froids et c'était mauvais pour les affaires de faire marcher les clients de l'hôtel dehors dans une tempête de neige pour se rendre au casino.

«Alors je vais être honnête et le dire. Je te trouve très attirante. Tu es mignonne, belle et intelligente. J'ai adoré passer du temps avec toi ce soir. Normalement, je t'invitais au bar de l'hôtel pour prendre un verre et j'espère qu'après quelques verres tu étais prêt à monte dans ma suite. Je suppose qu'à ce moment-là tu pourrais dire oui. Je vais sauter cette étape et te demander si tu veux monter dans ma chambre d'hôtel. Tu peux dire non, mais quelque chose me dit que tu diras oui. "

Linda regarda Peter.

Elle venait de le rencontrer il y a quelques heures, mais il savait exactement ce qu'elle voulait.

Elle pensa qu'il avait été honnête et lui dit qu'il voulait aller ensemble dans leur chambre d'hôtel.

Il était grand, beau, riche, intelligent, et ils avaient apprécié la compagnie l'un de l'autre en jouant au blackjack.

Il était si sûr de lui, mais c'était dans une manière d'être sûr de lui qui l'attirait beaucoup.

Son dernier petit-ami était si débraillé qu'elle n'avait pas pu le supporter depuis plus de quelques mois.

Ses amis lui ont dit qu'elle était exigeante, mais qu'ils avaient les meilleurs petits amis.

Bien sûr, c'était pour ça qu'elle avait été jetée seule au casino alors que c'était censé être une soirée entre filles.

"Qu'est-ce qui vous fait penser que je vais dire oui?"

«J'imagine que vous êtes ici pour oublier un stupide petit ami qui a rompu avec vous ou que des amis vous ont quittés pour des choses plus importantes à faire que de passer du temps avec leur ami symbolique. Peter se pencha et frotta ses lèvres contre son front. "Juste une nuit. Pas de conditions."

Linda gémit.

Comment la connaissait-il si bien?

Elle hocha simplement la tête et quand il passa son bras autour de ses épaules, elle fondit dans ses bras.

CHAPITRE 3

Ils ont parcouru la courte distance jusqu'à l'hôtel et il s'est dirigé vers les ascenseurs.

Au lieu d'utiliser les ascenseurs principaux, il a mis sa clé dans une fente pour un ascenseur isolé.

Linda regarda autour d'elle et resta bouche bée.

L'hôtel était finement décoré et le fait qu'il utilisait un ascenseur séparé laissait entendre qu'il avait l'une des suites au dernier étage.

Ils sont montés dans l'ascenseur et il l'a embrassée en premier.

C'était un baiser dur et il sentit ses genoux fléchir.

Il la serra fermement dans ses bras et la pressa contre le mur.

Sa langue bougea contre ses lèvres et quand elle ouvrit la bouche, il la fit glisser à l'intérieur.

Peter adorait la sensation des lèvres de Linda.

Ils étaient doux et humides et tout ce qu'il savait, c'était qu'il la voulait.

Au moment où les portes de l'ascenseur s'ouvrirent, Linda haletait fort et la bite de Peter se pressait inconfortablement contre son pantalon habillé.

Il recula d'un pas et détestait la sensation de ses lèvres se séparer des siennes.

L'ascenseur s'était ouvert à la suite et Linda eut le souffle coupé.

Il était deux fois plus grand que son appartement et il réalisa que c'était juste le salon.

Il y avait deux portes de chaque côté et elle remarqua une porte donnant sur le balcon.

"Avant."

Peter la conduisit à l'intérieur et la conduisit dans la pièce.

Le lit était un King Side et la chambre sentait la lavande et l'eau de Cologne pour hommes.

Ce n'était pas l'odeur normale d'une chambre d'hôtel.

Peter attira Linda vers lui et l'embrassa.

C'était un baiser intense et il essaya de ralentir, mais n'y parvint pas.

Il l'appuya contre le lit et commença à défaire sa robe.

Linda laissa tomber ses bras à ses côtés et le laissa la déshabiller.

Lorsque sa robe a glissé le long de son corps, il a décroché son soutien-gorge.

Il le jeta de côté et commença à lui caresser les mamelons.

Tombant à genoux, elle a tiré sur sa culotte et une fois qu'elles ont atteint ses chevilles, elle les a retirées et les a jetées dans la même direction que son soutien-gorge.

"Tu sens merveilleux." Peter écarta les lèvres de sa chatte et lécha doucement son clitoris. "Et mon Dieu, tu as un goût incroyable."

Peter la poussa sur le lit et enleva sa cravate.

Il pressa son corps contre le sien et la guida vers le lit.

Elle le regarda simplement avec de grands yeux et quand il passa ses mains sur sa tête et noua la cravate en soie autour de ses poignets et de sa tête de lit, mais elle ne dit pas un mot.

"Tu es à moi ce soir."

Peter se déshabilla rapidement et s'installa entre ses jambes.

Il écarta à nouveau ses lèvres et commença à lécher sa chatte dégoulinante.

Elle avait si bon goût et à chaque fois que je la léchais, elle était plus mouillée.

Il mit deux doigts dans son trou et la sentit se tortiller.

"Oh mon Dieu Peter. Je dois venir."

Linda se tortillait et être attachée au lit était très excitante pour elle.

"Tu ne viendras pas tant que je ne le dis pas."

Sa voix était très autoritaire.

Répondit Linda en gémissant.

Elle hocha la tête et essaya de se contenir.

Elle ne s'était jamais sentie aussi excitée et voulait le supplier et lui demander de la faire jouir.

Peter ne l'a pas permis.

Cela l'a amenée à l'orgasme puis s'est arrêtée.

Après la troisième fois, elle tirait sur sa cravate, mais elle savait qu'il l'avait parfaitement attachée.

Assez serré pour qu'il ne puisse pas se desserrer, mais pas assez pour couper la circulation sanguine.

"Maintenant tu viendras." Peter siffla ces mots et enfonça trois doigts profondément dans sa chatte.

La combinaison de ses doigts en elle et de sa voix, exigeant qu'elle vienne, la poussa au bord.

Elle est venue si forte qu'elle a poussé un peu.

Quand il eut terminé, Peter tendit la main et dénoua les liens.

Il l'attira plus près et sourit lorsqu'elle utilisa sa poitrine comme orciller.

"Tu es fatigué bébé. Va dormir."

Peter passa ses doigts dans ses cheveux pendant qu'elle s'endormait.

CHAPITRE 4

Linda ouvrit les yeux et essaya de se souvenir où elle était.

Elle sentit quelque chose de dur et de chaud contre sa joue et vit que Peter était agenouillé à côté de sa tête.

"Suce. Maintenant."

L'esprit de Linda s'emballait.

Elle se souvenait avoir rencontré Peter en ligne pour le caissier.

Ils avaient passé la nuit à jouer au blackjack ensemble et étaient retournés dans leur chambre d'hôtel.

Sa queue dégoulinait devant et il la guida dans sa bouche.

Elle n'était pas attachée au lit comme avant, mais elle suçait sa bite avec impatience.

Il était énergique avec elle, poussant sa bite au fond de sa gorge.

Elle s'étrangla un peu et il recula.

Une main guidait sa bite dans et hors de sa bouche chaude tandis que l'autre passait ses doigts dans ses cheveux.

"Appelez-moi monsieur. Vous êtes à moi jusqu'à ce que je vous laisse partir. Maintenant, rendez-le plus fort."

Linda hocha la tête et se mit à genoux.

Elle était devant lui quand il s'est agenouillé sur le lit et alors qu'elle continuait à sucer son membre palpitant, il passa ses mains derrière elle.

La première gifle était forte et dure.

Linda gémit, mais n'osa pas arrêter de sucer sa bite.

Il lui tapota à nouveau les fesses, et cette fois elle pouvait le sentir démanger.

À maintes reprises, il lui donnait une fessée et à la quatrième fessée, elle s'était complètement détendue et avalait sa bite avec facilité.

Les yeux de Peter se retournèrent à son expression.

C'était une bonne enculée.

"Je vais te baiser maintenant."

Linda hocha la tête et bougea pour pouvoir s'allonger sur le lit.

Il a grimpé sur le dessus et a commencé à glisser sa bite en elle.

"Avons-nous besoin d'un préservatif?" Peter a posé la question calmement.

Il savait qu'il devait demander et il souhaitait qu'elle ait la bonne réponse.

"Je prends la pilule."

Linda attendit de voir son expression faciale.

Était-ce la bonne réponse pour lui?

Elle voulait beaucoup lui plaire.

Peter hocha la tête et la poussa sur sa bite.

Elle était épaisse et sa chatte s'étirait plus qu'elle n'était habituée.

Il la secoua fort et rapidement sur sa bite.

"Montez-moi plus fort."

Peter a attrapé son cul rond et l'a fait sauter sur sa bite.

C'était si bon qu'elle en a presque perdu le contrôle.

Presque.

«Pince tes tétons pour moi. Dur.

Linda hocha la tête et pinça ses petits tétons roses.

Elle grimaça un peu de douleur.

"Plus fort."

Peter la regarda et elle était désespérée de lui plaire.

Elle les pinça et les tira un peu.

Ses seins étaient plutôt gros, mais ses tétons avaient toujours été sensibles.

"Pas comme ça." Peter détestait à quel point il était gentil.

Il tendit la main et attrapa ses tétons entre son pouce et son majeur.

Il a mis les deux ensemble et a regardé Linda rejeter la tête en arrière et venir.

Il grogna alors qu'elle déplaçait ses hanches rapidement contre son sexe et poussait si profondément que sa bite toucha l'entrée de son ventre.

Il a continué à pincer et a senti qu'il revenait.

Sa chatte palpitait et jaillissait en même temps.

Il relâcha ses tétons et la pénétra.

Il a juré à haute voix quand il est arrivé.

Il était si puissant qu'il sentit sa queue se dilater en elle.

Linda était à peine consciente en essayant de rester assise.

"Bonne fille. Tu es ma fille. Mon bébé."

Linda n'a pu hocher la tête que lorsqu'elle s'est effondrée sur lui et s'est évanouie.

CHAPITRE 5

Linda s'est réveillée le matin et a découvert qu'elle était seule au lit.

Elle était nue et tout son corps était endolori.

En s'asseyant, elle pouvait sentir les œufs et le bacon et se demanda si Peter avait commandé le petit-déjeuner.

Il est sorti du lit et a cherché quelque chose à porter.

La porte de la salle de bain était ouverte et suspendue à l'un des crochets était une robe blanche.

Il l'a mis et heureusement il ne s'est pas regardé dans le miroir.

S'il l'avait fait, il aurait remarqué les marques sur ses poignets dans la cravate en soie ainsi que la rougeur de ses mamelons à cause de la torsion.

Et ses fesses étaient d'une jolie nuance de rose.

"Bonjour." Peter était assis à la table de la salle à manger en train de déjeuner.

Il y avait un autre endroit et Linda s'assit et se versa du jus.

"Comment as-tu dormi bébé?" Peter portait son costume, mais il adorait la beauté de Linda dans sa robe.

"J'ai très bien dormi. Bien que je sois un peu endolori." Le visage de Linda est devenu rouge.

Elle avait honte d'admettre qu'elle aimait la sensation d'avoir mal.

Elle en voulait plus, mais savait que son arrangement de la nuit précédente était une nuit de sexe sans obligation.

«Je suis content. J'ai très bien dormi aussi. Je suis sûr que le fait d'être putain d'engourdissement face à un pétard blond a aidé les choses.

"Pétard?" Linda n'avait jamais entendu ce terme auparavant, mais elle était assez à l'aise pour demander.

"Oui. Tu es petite, petite et légère. Tu es facile à porter et tu rebondis sur ma bite pendant que tu as l'air sauvage et sexy. J'ai adoré."

Le visage de Linda a pris une autre nuance de rouge.

Elle était normalement calme et romantique pendant les rapports sexuels et lorsque le souvenir de la nuit précédente est apparu devant ses yeux, elle s'est rendu compte d'un côté qu'elle ne savait pas que cela existait.

Linda n'a pas répondu.

Au lieu de cela, elle a commencé à prendre son petit-déjeuner.

Il avait faim et pensait que toutes les activités parascolaires de la nuit précédente avaient brûlé des calories.

«Alors je sais que j'ai anticipé la nuit dernière et je sais que j'ai dit que je n'avais pas de conditions sexuelles, mais j'ai changé d'avis. Je suis en ville pour quelques jours et j'aimerais explorer ce côté soumis que tu as si tu me quittes.

Linda y réfléchit en mâchant les œufs.

Elle était célibataire depuis seulement quelques mois, mais avait manqué l'intensité du sexe.

Elle n'avait jamais été aussi excitée auparavant.

Il n'y avait pas de relation, juste du sexe.

Elle pourrait faire ça.

"Bien sûr. Dois-je vous appeler monsieur?" Linda sourit et quand Peter rit, elle connut la réponse.

"Seul dans la chambre. Ou partout où nous baisons. Je dois aller au bureau pendant quelques heures. Je serai de retour vers une heure. Je veux que tu prennes une douche et que tu sois nu. Allonge-toi sur la table de la salle à manger et attends-moi."

Linda hocha la tête.

Il l'embrassa sur la joue avant qu'elle ne quitte la chambre d'hôtel.

Linda n'avait aucune idée de ce qu'elle voulait faire, mais elle savait qu'elle aimerait.

CHAPITRE 6

Comme il l'a demandé, elle s'est douchée et a mis des cheveux blonds en queue de cheval.

Il a eu la gentillesse de l'avertir quand elle est arrivée à l'hôtel et au moment où il est entré dans la suite, elle était allongée sur la table de la salle à manger.

"Mmm bébé. Frotte ta chatte."

Linda obéit et regarda Peter s'approcher et s'asseoir à la tête de la table.

Ses jambes lui étaient ouvertes.

Elle lécha ses doigts puis les glissa contre son clitoris et commença à se frotter.

Elle savait exactement ce qu'elle devait faire pour être excitée et gémissait et haletait rapidement.

"Ne jouis pas. Arrête de te toucher."

Linda regarda Peter avec les yeux écarquillés.

Elle bougea sa main et prit une profonde inspiration.

"Je veux jouir."

"Tu viens seulement quand je te quitte. Maintenant, suce ma bite."

Peter se leva et déboutonna son pantalon.

Il la tourna pour qu'elle soit sur le dos avec sa tête suspendue à la table.

Il guida sa bite dans sa bouche et poussa.

"Tu es une mauvaise fille. Très mauvaise."

Peter a frappé sa chatte et a attendu une réaction.

Elle gémit et il recommença.

"Les mauvaises filles sont punies."

Il fit rouler ses tétons entre son pouce et son index et elle s'arrêta.

Sa bouche était serrée autour de sa bite et elle n'avait pas du tout arrêté de sucer sa bite.

Il voulait entrer dans sa bouche, alors il poussa une dernière fois et grogna.

Linda a essayé de reculer, mais n'a pas pu.

Tout ce qu'il pouvait faire était d'avaler le liquide salé chaud qui inondait sa bouche.

Finalement, quand il eut fini de verser son sperme dans sa bouche, il s'écarta.

"Tu es un bon enculé. Je pense que tu mérites de jouir."

Les yeux de Linda étaient suppliants.

Elle voulait désespérément frotter son clitoris.

La rugosité que Peter utilisait sur elle était si excitante et il savait qu'au moment où il toucherait son clitoris, elle viendrait.

"Puis-je venir ? S'il vous plaît ?"

Linda suppliait en s'asseyant à la table de la salle à manger.

Peter la regarda sans céder et attendit.

Il aimait à quel point elle agissait de manière soumise et de la flaque d'eau en dessous d'elle, il savait qu'elle était excitée.

"Viens."

Peter attrapa son poignet et la conduisit dans la pièce.

Avant qu'elle ne s'en rende compte, elle était à nouveau attachée au lit, cette fois face contre terre.

Il écarta les jambes et la gifla sur la fesse gauche.

Le coup résonna dans la grande salle et il recommença.

Linda n'osa pas pleurer, elle enfouit simplement sa tête dans l'oreiller et gémit d'excitation.

"Ma mauvaise fille mérite une punition. Dis-moi pourquoi tu es une mauvaise fille."

Linda écoutait à peine.

Elle avait désespérément besoin de quelque chose pour la faire jouir, et plus elle tirait sur les liens qui lui tenaient les mains, plus elle était frustrée.

«Dis-moi pourquoi tu es une mauvaise fille ou je vais arrêter.

Linda sortit brusquement de son sommeil.

"Je suis une mauvaise fille pour avoir voulu finir. Je suis une mauvaise fille pour ne pas t'écouter."

Linda cracha les mots et pria pour qu'il la touche.

Peter sourit.

Il l'avait suffisamment poussée pour aujourd'hui.

Il a enterré sa bite dans sa chatte et l'a baisée en levrette.

Il enroula ses mains autour de sa queue de cheval et se recula.

Il l'écrasa encore et encore et la sentit jouir deux fois de suite.

Elle resta silencieuse en enfouissant sa tête dans les oreillers.

Finalement, il a poussé et a couru dedans.

"Oh merde, tu es sexy." Peter haleta en défaisant son nœud de cravate et en le libérant.

Linda ne pouvait que sourire.

"Je déteste que tu partes demain."

Linda se mordit la lèvre pour cacher ses émotions.

Elle voulait que ça continue pour toujours.

DEUXIÈME PARTIE

CHAPITRE 7

Linda faisait des emplettes pour des vêtements.

Peter lui avait donné une carte de crédit et elle attendait avec impatience son arrivée en ville.

Ils s'étaient rencontrés il y a quelques mois et chaque fois qu'il était en ville, ils passaient des jours à avoir des relations sexuelles intenses et hard.

Elle avait aimé être si soumise et il lui a fallu presque une semaine pour se remettre des orgasmes intenses de la première fois.

Linda portait un haut sans manches avec un short en jean.

Ses cheveux blonds étaient portés en tresse et elle regardait un magnifique ensemble soutien-gorge et culotte.

C'était de la dentelle et avait la nuance parfaite de rose.

Son téléphone a sonné et elle a répondu.

"Salut?"

"Frotte ta chatte pour moi."

Peter était déjà inscrit à l'hôtel.

Il avait pris un vol tôt pour pouvoir avoir un peu de temps pour jouer avec Linda.

Il a pensé qu'elle faisait du shopping.

"Je suis en public Peter."

Linda espérait que personne n'entendrait sa voix au téléphone.

"Je m'en fiche. Frotte ta chatte."

Linda s'est déplacée pour que personne ne puisse voir et a commencé à frotter ses doigts contre son short en jean.

"Glissez votre index dans votre chatte."

Linda a fait ce qu'on lui avait dit.

Elle était déjà trempée et elle se demandait s'ils la surprendraient en train de le faire.

La vendeuse était occupée avec un autre client et n'a pas remarqué que Linda se tortillait contre l'étagère de soutiens-gorge coûteux.

"Êtes-vous sur le point d'y arriver?"

"Uhhhh".

Linda était incapable de parler.

Le ton de sa voix était si imposant et Peter venait juste de commencer.

"Bien. Maintenant arrête de te toucher et rejoins-moi dans le hall de l'hôtel."

Peter raccrocha le téléphone et s'installa dans sa chambre.

Il pouvait imaginer Linda au centre commercial ou marcher dans la rue désespérée de jouir.

Je savais qu'elle ne toucherait pas jusqu'à ce qu'il le dise.

* * *

Linda jura dans sa barbe et décida d'acheter le soutien-gorge et la culotte les plus chers du magasin.

Elle a acheté la lingerie et a marché rapidement pour prendre un taxi.

Tout le temps, elle se tortilla sur son siège.

Elle voulait tellement venir et avait hâte de voir Peter.

Il a pratiquement sauté du stand et a couru dans le hall de l'hôtel.

Il regarda autour de lui et ne put le voir.

Son téléphone a sonné et elle a répondu.

"Oui?"

"Demandez à la réceptionniste la clé de ma chambre."

Linda raccrocha le téléphone et courut pratiquement à la réception.

Il prit la clé qu'ils lui avaient donnée et était dans l'ascenseur aussi vite qu'il le pouvait.

Au moment où les portes de la suite se sont ouvertes, elle a couru dans le salon.

Peter était vêtu d'un pyjama en soie et tenait un long foulard en soie.

"Va te faire foutre."

Linda a couru et a essayé de l'embrasser.

Ses mains ont parcouru son corps, mais il l'a éloignée.

"Frotte ma chatte. Montre-moi combien tu en as besoin."

Linda enleva son jean et sa culotte et tomba à genoux.

Elle écarta les genoux et secoua ses hanches alors que ses doigts s'enfonçaient profondément dans sa chatte.

Peter leva les yeux et sourit.

Elle était tellement excitée et il adorait ça.

"Arrêtez."

Linda leva les yeux.

Il voulait désespérément continuer, mais il savait qu'il devait obéir.

"Oui monsieur."

Peter attrapa sa main et la tordit derrière son dos.

Il attrapa aussi son autre main.

Il lui mordit le cou si fort que cela laissa une marque.

Linda était tellement excitée par sa morsure qu'elle ne réalisa pas que ses mains étaient déjà liées.

« Tu es ma pute ce soir. Dis-le. Dis-moi que tu es ma pute.

"Je suis ta pute."

Les yeux de Linda étaient vitreux et tout ce à quoi elle pouvait penser était sa queue.

Ils couvraient son pantalon et elle pouvait voir un cercle d'humidité là où se trouvait la tête de son membre.

Il pouvait presque goûter son jus dans sa bouche.

Elle était tellement excitée.

Peter regarda Linda et savait qu'il allait repousser ses limites ce soir avec elle.

C'était quelque chose qu'il espérait faire depuis qu'il l'avait rencontrée au casino.

CHAPITRE 8

Il la traîna par le foulard en soie et poussa son visage sur le lit.

Elle lui tapota les fesses trois fois plus fort que d'habitude jusqu'à ce qu'elle voie l'empreinte de sa main.

"Tu es ma pute. Je vais te faire jouir ce soir."

Linda ne pouvait même pas répondre.

Il frottait son clitoris sur les draps doux, mais ne pouvait pas obtenir une pression adéquate pour la rassasier.

Elle était prête à venir, mais Peter l'a arrangé.

Il enfonça quatre doigts dans sa chatte et poussa fort.

Son pouce trouva son clitoris et le frotta.

Sa main était couverte de son jus et il adorait ça.

Il la sentit venir pour la première fois.

Il eut à peine le temps de récupérer lorsqu'il trouva son col de l'utérus et commença à le caresser.

Elle a crié et a essayé de s'éloigner.

C'était une partie tellement sensible et je voulais crier et gémir en même temps.

Avoir son index caressant le bourgeon sensible à l'intérieur de sa chatte la rendait lentement folle.

Elle était de nouveau proche de l'orgasme, mais la douleur de son toucher la retenait.

Peter la retint et continua l'assaut.

Il la toucha de plus en plus vite.

Quand elle est revenue, elle a senti un filet de jus chaud sur la paume de sa main.

Il tendit la main et attrapa sa gorge.

Elle se transformait en désordre et il l'aimait.

Il retira sa main de sa chatte et baissa son pantalon.

Il a poussé sa bite en elle et a commencé à la baiser.

« Tu es ma chienne. J'adore ta chatte serrée et humide. Je vais inonder ta chatte de mon sperme.

Peter l'a tirée d'avant en arrière par-dessus la cravate en soie et quand il est arrivé, il a crié.

C'était si bon de jouir en elle.

Il s'est rendu compte qu'il pouvait généralement durer plus longtemps, mais avec Linda, c'était différent.

Le simple fait de penser à elle l'a excité.

La voir faisait palpiter sa bite et au moment où il la touchait, elle était proche de l'orgasme.

"Mon Dieu, j'aime te baiser. Je n'ai pas de réunion avant demain matin. Alors tu vas être mon petit jouet d'ici là."

FIN

HABILLÉ POUR L'OCCASION

Le silence de la nuit l'entourait, pressant sur elle de sa sérénité, essayant de calmer son anxiété.

Cependant, cela ne parvenait pas à la calmer.

Des sentiments débridés auxquels elle n'était pas habituée et qu'elle n'avait jamais ressentis auparavant envahirent son corps, la rendant nerveuse.

Ses talons claquaient doucement le long du chemin pavé alors qu'elle levait les yeux vers le ciel.

Pourquoi tu y vas ce soir ?

Pourquoi s'était-elle habillée de cette façon ?

Elle pouvait sentir le pouvoir que son regard avait sur elle.

Elle soupira et laissa son esprit cesser de penser aux événements qui pourraient survenir ce soir.

* * *

C'était comme si tous les regards étaient rivés sur elle lorsqu'elle entra dans le magasin.

Ses talons aiguilles claquèrent contre le parquet alors qu'elle traversait la piste de danse et s'approchait du bar.

La jupe de sa tenue rouge et noire se balançait d'un côté à l'autre à chaque pas, la bande rouge coulant jusqu'à son genou tandis que la bande noire reposait à quelques centimètres au-dessus.

Le chemisier pendait librement sur ses épaules, le long de sa poitrine, rebondissant juste assez pour attirer l'attention à chaque pas qu'elle faisait et montrant une quantité généreuse de peau.

Et sans soutien-gorge.

Elle savait à quoi elle ressemblait dans cette tenue.

Elle ressemblait à une salope.

Elle avait terminé le look avec un tour de cou en dentelle noire autour du cou et juste une touche de rouge à lèvres.

Il s'assit entre un homme et une femme et sourit au serveur.

"Bonjour James."

"Samy. C'est bon de te revoir." Il laissa ses yeux glisser lentement sur son visage et ses seins. "Très bien, en fait. Et à qui s'adresse cette occasion ?"

Elle secoua la tête et sourit, faisant tomber une mèche de boucles sur son oreille.

"Il n'y a aucune occasion. J'avais juste envie de m'habiller comme ça."

Il tendit la main par-dessus le bar et plaça la boucle derrière son oreille.

Ses doigts effleurèrent le côté de sa joue et elle oublia presque comment respirer.

"Tu devrais t'habiller comme ça plus souvent."

"Peut être que je le ferais."

"Je vais quitter le travail ce soir vers onze heures. Voudrais-tu danser après ?"

Elle hocha lentement la tête, incapable de détacher son regard du sien.

Avec une précision très lente, il se pencha au dessus du bar et approcha ses lèvres des siennes, approfondissant le baiser juste assez pour lui donner envie de plus avant de s'éloigner.

"Environ vingt minutes."

* * *

Ces vingt minutes n'avaient jamais paru plus longues dans la vie de Samy.

Elle observait tout autour d'elle tout le temps, consciente de chaque mouvement qu'il faisait sans même le regarder.

C'était comme si ses sens étaient en harmonie avec son corps, mais elle sursauta quand même lorsqu'il la toucha à l'arrière de l'épaule.

Il avait déboutonné le col de sa chemise noire et lui souriait en lui tendant la main.

"Je pense que tu me dois une danse."

Lorsqu'elle posa sa main dans la sienne, ce fut comme si une petite décharge électrique traversait son corps.

Il sourit en la conduisant vers un coin de la piste de danse, puis la rapprocha de son corps tandis que la chanson changeait.

C'était lent et séduisant, et ses battements semblaient correspondre à son cœur alors qu'elle se pressait contre lui.

Et juste ainsi, elle était parfaitement consciente des contours durs qui ondulaient contre son corps mou.

Elle glissa ses bras autour de lui, pressant ses mains contre ses douces courbes arrière alors qu'elles se balançaient d'avant en arrière.

Il se pencha et pressa ses lèvres contre les siennes, les écartant doucement et la séduisant avec sa langue.

Sa main glissa plus bas sur son dos, reposant sur sa hanche, glissant assez bas pour caresser une joue de ses fesses alors qu'il tirait le bas de son corps contre le sien.

Elle haleta en sentant à quel point il se pressait contre elle et elle aurait juré l'entendre gémir.

Mais juste au moment où il le faisait, l'autre serveur l'appela et il soupira en baissant la tête en arrière.

"Samy... je reviens tout de suite. Je le jure. N'allez nulle part."

Elle hocha la tête un peu bêtement alors qu'elle s'éloignait de la piste de danse et se dirigeait vers une cabine isolée.

Il regarda James revenir dans le bar et se pencher à nouveau sur lui, parlant à Joseph.

Joseph était le barman remplaçant pour la nuit.

Il prenait toujours le relais lorsque James prenait sa retraite.

Lorsqu'il vit une grande blonde aux longues jambes les rejoindre, il réalisa quelque chose.

Ce n'était pas ce genre de fille.

Je n'avais aucune idée de ce que je faisais.

James était le genre d'homme qui avait toujours n'importe quelle fille disponible, n'importe quelle grande fille blonde et super sexy.

Et elle était petite, brune et latine.

Elle est partie en courant.

Aussi rapidement et silencieusement qu'il le pouvait.

Il se dirigea vers la porte et quand il regarda par-dessus son épaule, il vit la blonde se pencher près de James et passer ses doigts sur son bras.

Elle soupira et secoua la tête tout en poursuivant son chemin.

Ce ne serait pas bien de s'arrêter et d'y réfléchir.

Ses pieds commençaient à lui faire mal à cause de ses talons, alors elle les enleva et s'éloigna du chemin pavé, laissant ses pieds la guider jusqu'au bord de la rivière qu'elle connaissait si bien.

Il a enfoncé ses pieds dans la berge de la rivière et a regardé l'eau pendant un long moment.

"À quoi je pensais?" Elle a finalement murmuré.

"C'est ce que j'aimerais savoir."

Elle a failli crier en se retournant.

James se tenait derrière elle, les bras croisés avec colère et fronçant les sourcils.

Mais le froncement de sourcils fut lentement remplacé par un air de confusion et d'inquiétude.

"Samy, tu pleures. Qu'est-ce qui ne va pas ?"

Elle détourna le regard et traversa la rivière jusqu'à l'autre rive herbeuse.

"Je n'aurais pas dû le faire. Je n'aurais pas dû venir au bar ce soir habillé comme ça. Je n'aurais pas dû penser que j'avais une chance."

"Samy, de quoi tu parles ?"

Il s'approcha et posa sa main sur son épaule.

Elle tremblait, elle avait froid.

Il ôta précipitamment son manteau et le drapa sur ses épaules, se déplaçant derrière elle pour lui frotter les bras.

"Tu étais magnifique là-dedans. Je pense que j'ai oublié comment je devais respirer quand tu es entré."

"J'ai vu les femmes avec qui tu es habituellement. Je ne suis pas comme elles, James. Je ne suis ni élégant ni super sexy. Je ne suis ni blonde, ni grande, ni aux longues jambes, et je n'ai pas un corps parfait. "

Comme eux. Je n'ai pas de solution . " Contre ça. Je ne savais même pas ce que je faisais. Termina-t-elle dans un murmure.

"Vraiment ? Tu aurais pu me tromper là-dedans."

Il la tourna vers lui et se pencha en avant, pressant ses lèvres contre son cou.

Elle frémit.

"Ton corps était parfait quand tu m'as pressé contre toi sur cette piste de danse."

Il leva la main et lui prit la poitrine en coupe, traçant le contour de son mamelon à travers son chemisier.

Cela la fit frissonner un peu.

"Ils semblaient vraiment savoir ce qu'ils voulaient faire quand nous nous embrassions et nous serrations l'un contre l'autre."

Il s'est penché sur elle et l'a forcée à s'allonger sur le sol.

"Laisse-moi te montrer, Samy. Laisse-moi te montrer que tu es plus que tu ne le penses."

Ses lèvres glissèrent contre les siennes avant de glisser le long de son cou et sur le fin chemisier qui recouvrait ses seins.

Son souffle se bloqua dans sa gorge alors que ses lèvres trouvèrent d'abord un mamelon puis l'autre, les suçant lentement alors qu'elle se courbait sous son contact.

Ses doigts trouvèrent adroitement l'ourlet de sa chemise et commencèrent à le remonter lentement, taquinant sa peau alors qu'elle se révélait.

Il l'a soulevé au-dessus de ses seins et l'a tenu juste au-dessus d'eux tout en embrassant son sein droit, goûtant sa peau.

Elle gémit lorsque James approcha finalement ses lèvres de la crête de son sein, prenant le mamelon entre ses dents et le tirant doucement avant de le sucer.

Elle gémit encore plus fort alors que sa main commençait à pétrir son autre sein, faisant rouler sa paume sur son mamelon à plusieurs reprises.

"Tu vois?" Il souffla contre sa peau. "Tu es la femme parfaite".

Il commença à l'embrasser en descendant, traçant des cercles autour de son nombril avec sa langue.

James lui sourit alors qu'il attrapait sa jupe et au lieu de la baisser, il la releva.

Le devant se replia et l'instant d'après, il déposait des baisers doux et ludiques le long de son monticule chaud au-dessus de sa culotte.

Elle était déjà mouillée.

Elle pouvait le sentir à travers sa culotte alors qu'il se frottait le nez contre elle.

Elle trembla sous lui et il lui caressa doucement les doigts de haut en bas tout en utilisant ses dents pour faire glisser sa culotte.

Il l'embrassa à nouveau, sans aucune barrière entre ses lèvres et sa chatte.

Il commença à glisser sa langue le long de sa fente et elle gémit, ses hanches se cambrant sauvagement de sorte qu'il enfonça sa langue profondément en elle, la traçant sur son clitoris.

Samy gémit et se cambra contre sa langue, le plaisir la parcourant alors qu'il effleurait ses dents contre son clitoris et glissait un doigt en elle.

"J'ai menti", souffla-t-il contre son clitoris. "Je n'ai pas seulement oublié comment respirer."

James suça doucement son clitoris, son doigt entrant et sortant de son oppression.

"J'ai failli entrer dans mon pantalon juste en te regardant plus tôt."

Ses doigts agrippèrent ses cheveux et il sourit contre sa chatte en glissant un deuxième doigt en elle, passant sa langue sur son clitoris à plusieurs reprises jusqu'à ce que son corps tremble sous sa bouche.

Ses doigts la caressèrent, l'excitant, amenant son corps à réagir jusqu'à ce qu'elle se balance contre sa main et sa langue.

"James," sa voix faiblit presque alors qu'elle se tortillait dans sa main. « S'il vous plaît, ne vous arrêtez pas maintenant !

Ses mots sortirent sur un ton doux et entendu, mais montèrent rapidement en volume alors qu'elle criait de plaisir.

Il mordait doucement son clitoris et le suçait maintenant fort, ses doigts poussant fort en elle pour atteindre son apogée.

Il a lapé son jus avec impatience et lorsque les tremblements de son corps ont ralenti,

Quand il eut fini, il se plaça au-dessus d'elle.

Il sourit et posa son front contre le sien, laissant son corps frôler le sien alors qu'il la regardait dans les yeux.

"Je te l'ai dit, tu es autant une femme qu'eux, sinon plus."

Ses yeux brillèrent de quelque chose qui aurait pu être un doute alors qu'il regardait dans les yeux de James, mais ensuite il laissa ses doigts courir sur sa poitrine et descendre jusqu'au renflement dur de son pantalon.

"Est-ce pour ça que tu as autant de difficultés ?

Parce que je suis une femme comme eux ? »

Ses doigts effleurèrent sa queue de haut en bas, et il ne put retenir le gémissement qui glissa entre ses lèvres.

Cependant, il n'eut aucune chance de répondre car ses lèvres trouvèrent les siennes et toutes ses pensées furent effacées de son esprit.

Ses doigts glissèrent sur sa poitrine et elle commença adroitement à déboutonner sa chemise.

Elle le sortit rapidement de son pantalon et le poussa sur le côté tout en retirant complètement sa chemise.

Le bouton de son pantalon s'ouvrit brusquement et la fermeture éclair glissa presque toute seule.

Elle abaissa suffisamment son pantalon et son boxer pour libérer sa queue et enroula sa petite main autour, la caressant lentement pour qu'il gémisse et se presse avec impatience contre sa main.

Il gémit d'agacement et se leva, enlevant son pantalon et son boxer d'un seul mouvement et se tournant vers elle.

Elle était maintenant à genoux et lui sourit en enroulant à nouveau sa main autour de lui.

Il se pencha sur elle, lui prodiguant de lentes caresses, fermant les yeux.

L'instant suivant, cependant, il les écarta tandis que ses lèvres s'enroulaient autour de sa queue, les déplaçant lentement de haut en bas de son membre dur.

Il posa maintenant ses mains derrière sa tête et commença lentement à la faire entrer et sortir de sa bouche, gémissant alors qu'elle le suçait à chaque mouvement.

Il ne fallut pas longtemps pour que les caresses douces deviennent rapides et courtes, Samy le suçant plus fort à mesure qu'il bougeait la tête rapidement.

Sa main caressait ses couilles, les faisant rouler d'avant en arrière alors que sa bouche se resserrait autour de lui.

Alors qu'elle jouait avec sa langue sur la tête de sa queue, il a explosé dans sa bouche.

Elle déglutit rapidement alors qu'il lui envoyait sa charge, pressant sa bouche et sa gorge contre sa queue, le faisant jouir encore plus fort et avec plus de giclées, jusqu'à ce qu'il finisse par se dépenser.

Elle fit lentement glisser la bite de sa bouche et laissa son regard tomber au sol.

Il tomba à genoux devant elle, posant sa main sur sa joue.

Ils n'étaient qu'à un pas lorsque le doigt de James traça le côté de son visage, plongeant son doigt sous son menton et levant ses yeux vers les siens.

"Nous n'avons pas encore fini."

Sa voix était si basse qu'elle lui fit frissonner le dos alors qu'elle le regardait avec émerveillement.

Il se pencha et pressa ses lèvres contre elle, approfondissant rapidement le baiser.

Alors que sa langue glissait sur ses lèvres, une main glissa derrière elle, la tirant contre lui pour qu'elles soient chair à chair.

Ses tétons se pressèrent joyeusement contre sa poitrine, et sa nouvelle érection se pressa fortement contre ses abdominaux inférieurs.

Elle bougea et frotta lentement son corps contre lui, le faisant gémir tandis que leur baiser devenait fébrile.

Il la rallongea et fit glisser sa jupe sur ses jambes.

Il la regarda un long moment avant de bouger.

Il se pencha à nouveau sur elle et déposa un léger baiser sur son ventre, juste au-dessus de son nombril.

Il sourit contre sa peau chaude et commença à l'embrasser vers le haut, inversant ses actions précédentes.

Ses lèvres taquinèrent à peine ses seins avant de se poser sur son cou et de caresser son rythme cardiaque.

Il palpitait entre ses jambes, son membre se pressant contre sa fente humide alors qu'elle enroulait ses jambes autour de sa taille et il glissait ses bras autour d'elle.

D'un mouvement rapide, James s'assit avec elle sur ses genoux et, si cela était possible, enfonçant encore plus sa queue en elle.

Elle se tortilla un peu et il gémit.

Il l'embrassa jusqu'à atteindre juste en dessous de son oreille et tira doucement sur son lobe.

"Dis-moi, Samy, tu le veux ?"

Son souffle était chaud contre sa peau et elle frissonna.

"Veux-tu que ma grosse bite dure soit enterrée en toi ?"

La réponse de Samy ressemblait presque à un gémissement alors qu'elle se frottait contre lui.

"Oui. S'il te plaît, James, je veux ça depuis..." mais elle s'arrêta rapidement, le rougissement toujours sur ses joues, et détourna le regard.

James n'en avait aucune idée.

Il força son regard vers le sien et posa son érection contre elle.

"Terminez ce que vous disiez."

Elle gémit et ses ongles s'enfoncèrent légèrement dans sa peau.

"Je veux ça depuis que je t'ai rencontré."

"Alors dis-moi à quel point tu le veux."

Ce n'était pas une demande, plutôt une demande alors qu'il glissait ses doigts sur ses seins, pétrissant lentement sa chair.

Il pouvait sentir sa chaleur irradier contre sa queue, et il faisait tout ce qu'il pouvait pour ne pas la jeter et la prendre.

Sa réponse l'a surpris et a brisé toute la maîtrise de soi qu'il utilisait.

"Je n'en veux pas. J'en ai besoin, James."

Ses yeux étaient désormais fixés sur les siens, et il gémit doucement contre sa peau alors qu'elle se serrait plus fort.

"J'en ai tellement besoin, j'en rêve depuis si longtemps. S'il te plaît. J'ai besoin que tu me baises."

Je ne pouvais plus le lui nier.

Après cela, il ne pouvait plus se retenir.

Il la souleva jusqu'à ce que la tête de son sexe soit pressée contre son ouverture, puis la laissa rapidement tomber sur elle.

Ils gémirent tous les deux.

Sa chatte était si serrée autour de sa queue que lorsqu'il commença à la faire bouger de haut en bas sur son membre, sa longueur dure semblait encore plus grande enfermée en elle.

Elle gémit et, utilisant ses jambes comme levier, commença à rebondir sur sa queue.

Ses seins rebondissaient librement contre lui et ses mamelons lui faisaient signe alors qu'il se penchait en avant et commençait à sucer.

Elle gémit et commença à rebondir plus vite sur sa queue, se poussant encore et encore.

Ses lèvres taquinaient ses mamelons, les aspiraient et les suçaient, puis passaient sa langue dessus et les mordillaient alors qu'elle bougeait avec ses rebonds, gémissant contre sa peau, envoyant des vibrations à travers ses morsures.

Sa chatte était si mouillée que l'humidité coulait sur sa queue, et il gémit quand elle serra intentionnellement sa fente autour de lui, le faisant lui résister davantage.

Il les a inclinés tous les deux pour qu'elle soit à nouveau sur le dos sur l'herbe et a commencé à lui marteler fort la bite en elle et en la sortant.

Samy gémit encore plus fort, ses ongles lui ratissant le dos tandis qu'une autre forte poussée la ramenait à son apogée.

Le spasme serré autour de sa queue fit rapidement jouir James aussi et il la frappa encore plus vite, grognant alors que son sperme chaud la remplissait jusqu'à ce qu'il coule sur ses cuisses.

Il tomba sur le côté, haletant.

Il l'attira ensuite vers lui, déposant de doux baisers sur le côté de son visage.

"Maintenant, est-ce qu'il faudra encore cinq ans avant que tu sois assez courageux pour recommencer ?"

Il sourit et embrassa le coin de ses lèvres.

"Jamais, James."

Samy sourit et effleura ses lèvres contre les siennes.

"Bien, parce que je ne pense pas pouvoir garder mes mains loin de toi pendant plus d'un jour ou deux."

Le rire de Samy résonna à travers le lac et James sourit alors qu'il s'asseyait et l'embrassait profondément.

Cela pourrait certainement être le début de quelque chose de très intéressant.

RÉCEPTION INATTENDUE

Glenn rentre à la maison après une dure journée de travail et laisse sa mallette et son manteau près de la porte.

Il trouve la maison inhabituellement calme mais n'y prête pas beaucoup d'attention et se dirige vers la chambre.

En montant les escaliers, il sent le merveilleux arôme du parfum de son épouse bien-aimée Susan.

Lorsqu'il atteint le palier, il entend de faibles sons de musique s'échapper faiblement par la porte de sa chambre.

S'assurant de ne faire aucun bruit, il ouvre lentement la porte.

« Suzanne ? Dit-il d'une voix masculine plutôt grave.

Alors que la porte s'ouvre de plus en plus grand, la vue de son corps nu allongé sur le lit le fait frissonner.

"Oui bébé." dit-elle d'une voix sensuelle.

Il commence à marcher vers le lit, mais elle lui dit d'arrêter.

Perplexe, il fait ce qu'on lui dit, sachant qu'elle a quelque chose en tête.

Elle sort du lit.

Son corps bouge avec une grande grâce.

Il ne peut s'empêcher d'être fixé sur sa délicieuse poitrine qui bouge légèrement alors qu'elle se dirige vers lui.

Il sent sa bite se durcir au fur et à mesure que ses pensées le traversent "Elle est tellement belle".

Elle tend les mains et défait sa ceinture.

Son pantalon aussi, il le déboutonne et le baisse.

Cela le fait trembler d'excitation.

Comme elle le voit si excité, elle sourit et baisse son boxer avec un besoin affamé de sucer son membre dur.

Elle pose doucement ses mains sur sa queue désormais dressée, la caressant lentement.

Il tire ensuite la langue et lèche la tête avant de la mettre dans sa bouche.

Il gémit alors qu'elle commence à sucer sa bite dure.

Le faire entrer et sortir de sa bouche de plus en plus vite.

Puis il revient lentement à un rythme lent et fait tourner sa langue autour de la tête tout en la caressant avec sa main.

Il gémit tandis que sa main caresse la tête rose de sa queue.

Puis elle lui lèche les couilles jusqu'au bout de sa queue.

Elle le sort de sa bouche et se lève pour l'embrasser passionnément tout en lui retirant sa chemise.

Il l'entoure de ses bras chauds, la rapprochant de lui, sentant ses seins pressés contre sa poitrine.

Pendant qu'ils s'embrassent, ses mains parcourent son corps, sentant sa peau douce sous ses doigts.

Ses mains passent sur ses fesses et il les serre fort.

Il la soulève par les fesses en enroulant ses jambes autour de sa taille et se dirige vers le lit.

Il la couche doucement et se déplace sur elle.

Il l'embrasse profondément jusqu'au cou et à la poitrine.

Il lèche lentement son sein droit en se rapprochant de son mamelon maintenant dressé.

Il place son téton dans sa bouche et le suce en le mordant doucement.

Passant à l'autre sein, il se penche et commence à lui frotter le clitoris, la faisant accélérer sa respiration et commencer à gémir légèrement.

Il frotte plus vite en lui embrassant le ventre en se concentrant sur son nombril.

Elle se sent très mouillée et sa respiration s'accélère.

Il embrasse son joli monticule puis remplace ses doigts par sa langue.

Sucer et mordre doucement son clitoris.

Cela l'envoie sur une vague de plaisir, en gémissant.

Ensuite, elle insère un doigt qui passe devant les lèvres gonflées de sa chatte et dans cet endroit secret et glissant.

Il fait glisser lentement son doigt vers l'intérieur et l'extérieur, puis insère rapidement un autre doigt pendant qu'elle gémit.

Il continue de se concentrer sur la succion de son clitoris pendant que ses doigts touchent précieusement cet endroit spécial en elle qui, il le sait, la rend absolument folle.

Elle gémit bruyamment et ressent une sensation de picotement depuis sa jambe droite vers le haut et autour de son corps jusqu'à sa jambe gauche.

"Oh bébé!" elle gémit, "C'est si bon !"

Glenn sait que s'il continue comme ça, elle va certainement dépasser les limites, alors il ralentit et l'embrasse en retour pour lui dévorer la bouche.

Ils partagent un baiser passionné.

Leurs langues dansent ensemble.

Retirant ses doigts de sa chatte désormais trempée, il commence à lui masser le sein droit.

Ses gémissements réprimés par les baisers.

Le baiser se rompt et elle lui murmure à l'oreille :

"J'ai besoin de toi en moi, bébé."

La mention de sa bite dure glissant dans la chatte humide de son amant le fait grogner de désir et il se déplace sur elle.

En écartant les jambes avec ses hanches, il se positionne pour la pénétrer.

En jouant avec, il insère juste la tête puis se retire lentement.

"S'il te plaît, donne-moi tout." Elle le supplie, mais il l'emporte et suit le rythme du jeu, insérant uniquement le bout et le retirant lorsqu'elle commence à gémir.

Finalement, à un moment inattendu, il enfonce son membre dur jusqu'au bout pour la faire crier.

Il commence à entrer et sortir lentement d'elle avec des mouvements longs et durs.

Il commence à caresser plus fort et plus vite en tirant sur ses fesses pour une pénétration plus profonde.

"Oh mon Dieu, tu te sens si bien en moi. Je t'aime tellement quand tu me baises la chatte."

A cela, il grogne et se retire brusquement.

Il lui fait signe de se retourner et elle le fait rapidement avec un sursaut d'excitation.

Il sait que la pénétrer par derrière est l'une de ses positions préférées et il adore aussi la lui donner de cette façon.

Il insère sa bite en elle et commence à la pousser fort et vite.

Elle gémit bruyamment, lui disant plus fort.

Il adore baiser sa charmante femme, alors il commence à devenir plus dur avec elle.

Son corps et ses couilles tapaient contre son cul désormais rouge.

Elle commence à repousser ses poussées, faisant s'enfoncer sa bite encore plus profondément à l'intérieur.

Ils gémissent tous les deux de plaisir.

"Oh, je vais jouir, bébé. Es-tu prêt pour mon sperme ?"

"Oh oui bébé, je vais jouir aussi."

Encore quelques coups et Susan crie de plaisir et son corps commence à trembler alors que son orgasme la submerge.

Glenn sent les parois de sa chatte commencer à traire sa bite et il n'en peut plus.

En grognant son nom, il tire son sperme chaud au fond de sa chatte désormais crémeuse et humide.

Susan, épuisée par son explosion, se repose sur ses coudes alors qu'elle le sent lui injecter encore quelques jets de sperme.

Satisfait et essayant de ne pas tomber sur elle, il se retire lentement de sa chatte et l'attrape par la taille, la tirant sur le lit avec lui.

Ils se regardent dans les yeux, tous deux assombris par les puissants orgasmes qui venaient de traverser leur corps quelques secondes auparavant .

Une satisfaction de connaissance mutuelle persiste dans la pièce alors que les deux s'endorment dans les bras l'un de l'autre.

MÉCONTENT

C'est une matinée fraîche.

Je dois aller travailler, mais je n'ai pas envie de me lever.

Allongé ici, je pense à t'aimer.

Je peux voir tes yeux me regarder, me souriant.

Je sens déjà la chaleur monter dans mon entrejambe.

Je glisse doucement ma main sur mes seins comme si tes yeux la suivaient.

Mes mamelons réagissent immédiatement et se durcissent.

Je soulève le sein pour aspirer doucement un mamelon dans ma bouche.

Je sens tes lèvres se refermer autour de l'autre mamelon et un profond gémissement s'échappe de mes lèvres.

Je sens le jus qui commence à glisser de l'intérieur de ma chatte.

Je déplace mes mains autour de mon ventre puis vers mon abdomen, imaginant que tes mains me touchent.

Je glisse lentement mon majeur dans l'humidité et la chaleur.

Je serre mon doigt comme si ta bite était enfouie au fond de moi.

En faisant glisser mon doigt vers l'intérieur et l'extérieur, mes hanches commencent à bouger dans un mouvement circulaire.

Je sens que mon doigt veut davantage de la sensation qui est créée.

La paume de ma main a attrapé le jus qui sort maintenant de ma chatte.

Je lèche le goût sucré de ma paume et glisse mon long doigt dans ma bouche en imaginant que c'est ta délicieuse bite.

J'entoure lentement le bout de mon doigt avec ma langue comme s'il s'agissait de la tête de ta bite.

Je déplace ma langue le long de mon doigt, la faisant tourner pour attraper chaque morceau de jus.

Je ferme fermement mes lèvres autour de la base de mon doigt, je fais glisser ma bouche jusqu'au bout et je commence à faire passer ma langue autour du haut de mon doigt.

Qu'imagines-tu que ta bite soit enfouie dans ma bouche ?

Je regarde ma tête bouger de haut en bas, t'aspirer profondément dans ma gorge avec les muscles de ma bouche qui travaillent.

Je te suce la bite et tu peux sentir ma langue et ma bouche te sucer, tout comme j'ai l'impression que tu as sucé mes tétons.

Ma langue bouge partout , mes lèvres mouillées bougent constamment avec le besoin de te sucer plus fort, plus vite et plus profondément.

Je suis très excitée à l'idée de te sentir enfouie en moi.

Je prends mon doigt et le glisse dans ma chatte, en m'assurant qu'il est trempé.

Je retire mon doigt, le frotte sur toute ma fente et le trempe à nouveau pour plus d'humidité.

Cette fois, je frotte aussi mon trou arrière serré.

Je glisse lentement un doigt à l'intérieur et l'orgasme est immédiat.

J'adorerais que tu me baises avec tes doigts et ta bite en même temps.

J'adore l'idée d'être comblé par toi.

Je me roule sur le ventre et commence à travailler mon clitoris à deux mains.

Déplaçant mes mains vers mon ventre, appuyant fermement sur mon doux monticule.

Je me baise avec mes mains jusqu'à ce que je sente cette sensation commencer.

La sensation commence en profondeur et me fait me serrer alors que je vais jouir à nouveau.

Je bouge mes hanches plus vite, mes pieds se recroquevillent avec le besoin d'exploser à l'intérieur pendant que je me doigte.

Un gémissement long, profond et guttural s'échappe alors que j'atteins complètement et que j'explose.

Épuisé, je m'allonge sur le dos, je pense à ce que je viens de vivre et je me retrouve à nouveau excité.

Je n'arrête pas de me demander "c'est quoi ce sort que tu as sur moi" ?

Aucun homme ne m'a autant excité que toi.

Je te vois dans mon esprit, l'homme aimant et sexy que tu es.

Je peux sentir tes lèvres douces et douces sur les miennes.

La façon dont ta langue soyeuse dessine mes lèvres et la douce morsure de tes dents.

La façon dont ta langue glisse profondément dans ma bouche et goûte à quel point j'ai faim de toi.

La façon dont ta langue entoure la mienne et le doux échange de ta salive se mélange au mien.

Je peux sentir ta bouche chaude lorsqu'elle se dirige vers mon oreille et la chaleur du bout de ta langue lorsqu'elle s'enfonce à l'intérieur.

Le doux murmure de mon nom apporte une bouffée de sperme directement dans ma douce chatte et ta bouche se déplace vers mes tétons durs et dressés.

Lentement, ta langue entoure mon mamelon gauche et tu souffles si doucement.

Vous fermez la bouche sur ma dureté réactive et je gémis.

Ma main droite commence à glisser sur mes mamelons et je lève le sein gauche vers ma bouche pour sucer doucement le mamelon, imitant ce que ressentirait votre bouche.

Lentement, mes doigts glissent sur mes côtes vers mon abdomen et les doigts longs et fins de ma main atteignent mon doux clitoris.

Doucement, les pointes effleurent le bouton et mon majeur glisse à l'intérieur jusqu'à la première articulation pour sentir l'humidité qui s'y est accumulée.

Je glisse mon doigt profondément pour libérer ton sperme et attraper le jus de miel au creux de ma main.

Je lèche le jus de ma paume, savourant le goût et l'odeur du sexe.

Je glisse mon majeur, jusqu'à la première articulation, dans ma bouche, en imaginant que c'est la tête de ta bite.

Lentement, ma langue tourbillonne, goûtant à nouveau le jus et je sais que c'est ton précum que je goûte sur ma langue.

Ma bouche chaude et humide glisse sur mon doigt, comme s'il s'agissait de ton membre chaud et gonflé.

Ma bouche se ferme complètement et glisse jusqu'au bout tandis que ma bouche serrée aspire juste la tête imaginée de ta bite soyeuse.

Alors que j'accélère le rythme de la baise de mon doigt dans ma bouche, je peux presque sentir la tension dans tes couilles alors que le sperme commence à monter.

À cette seule pensée, je sens l'humidité s'échapper de ma chatte et je sais que je dois me faire foutre.

Je me roule rapidement sur le ventre, mes mains atteignant ma chatte.

Je les presse fort contre mon monticule, les coussinets de mes doigts trouvant mon clitoris.

Mes hanches commencent à tourner lentement, en rond alors que les muscles de mes pieds et de mes jambes commencent à se tendre et que mes doigts travaillent sur ma douce chatte.

Je te regarde entrer par derrière et j'imagine ta bite, imbibée de mon jus et scintillante d'humidité alors qu'elle glisse dans et hors de ma chatte.

Oh, putain, je suis tellement excitée alors que mes doigts et mes paumes appuient fort... aussi fort qu'ils le peuvent pendant que j'atteins l'orgasme.

Mes pieds et mes jambes sont crispés, mon corps frémit sous l'intensité.

Je me tourne sur le dos en imaginant ta douce bite palpitante dans ma chatte assoiffée de sperme.

Les muscles de ma chatte continuent de se contracter comme s'ils aspiraient le sperme de ta bite.

Et puis oui, je peux presque sentir ta langue chaude alors qu'elle glisse de haut en bas dans ma fente.

Ta bouche se ferme sur les lèvres de ma chatte et le mouvement rapide de ta langue me fait jouir dans ta bouche.

Et tu te lèves, chevauches mon corps et glisses ta bite imbibée de sperme dans ma bouche.

Je savoure le goût de nos jus mélangés pendant que je suce et lèche proprement.

Je m'effondre sur le lit, mon corps toujours tremblant et picotant.

Quelle merveilleuse sensation tu me fais ressentir avec toi.

FIN

71